Miracle of the Poinsettia

A Retelling by Brian Cavanaugh, T.O.R.,
with Spanish Translation by Carmen Lopez-Platek
Illustrations by Dennis Rockhill

Milagro de la Flor de Nochebuena

Un cuento de Brian Cavanaugh, T.O.R.,
con traducción al español de Carmen Lopez-Platek
Ilustraciones de Dennis Rockhill

Paulist Press
New York/Mahwah, N.J.

Acknowledgment: The story about the Christmas crèche is from *The Life of St. Francis* (*Legenda maior*) by St. Bonaventure. *Bonaventure* (The Classics of Western Spirituality Series), translation and introduction by Ewert Cousins (New York: Paulist Press, 1978).

Cover illustration by Dennis Rockhill
Cover design by Lynn Else

Library of Congress Control Number: 2017938414

ISBN 978-0-8091-6779-1 (paper)
ISBN 978-1-61643-421-2 (e-book)

Paperback edition published in 2017 by Paulist Press
997 Macarthur Boulevard
Mahwah, New Jersey 07430

www.paulistpress.com

Printed and bound in Mexico
By R.R. Donnelley, Reynosa, Tamaulipas
July 2017

Dedication

Miracle of the Poinsettia is a book dedicated to those wonder-filled and starry-eyed listeners of the glorious stories, myths, and legends that sparkle the Christmas season—the children, from the youngest to the eldest filled with a childlike heart. I dedicate this book to my nieces and nephews: Nadyne, Tim, Adam, Jarrett, Danny, Kaitlin, and Sashal.

    May the brightness of the star of wonder, the morning star, guide and guard each of you along your journey of life.   *—B.C.*

To my grandparents—Beth and Bill Rockhill and Thana and Bill Brand.

    —D.R.

Hace algún tiempo, escuché un bello cuento navideño sobre María, una niña que vivía en una pobre granja familiar en un pueblo de Méjico. Era una tradición en el pueblo realizar eventos especiales en la época de Navidad para celebrar el nacimiento del Niño Jesús. Todos participaban alegremente en la decoración de la iglesia y de la plaza del pueblo, situada justo en frente. Incluso los niños ayudaban, haciendo regalitos para obsequiarle al Niñito Jesús en Nochebuena.

S ome time ago,
I heard a lovely
Christmas story
about Maria, a young
girl who lived on a poor
family farm in a small
village in Mexico. It was
a custom in the village
to glorify the Christmas
season with special events
to celebrate the birth of
the Christ Child, Jesus.
Everyone took part in the
preparations by festively
decorating the village
church and the plaza
in front of it. Even the
children helped by
making gifts to give
the Baby Jesus on
Christmas Eve.

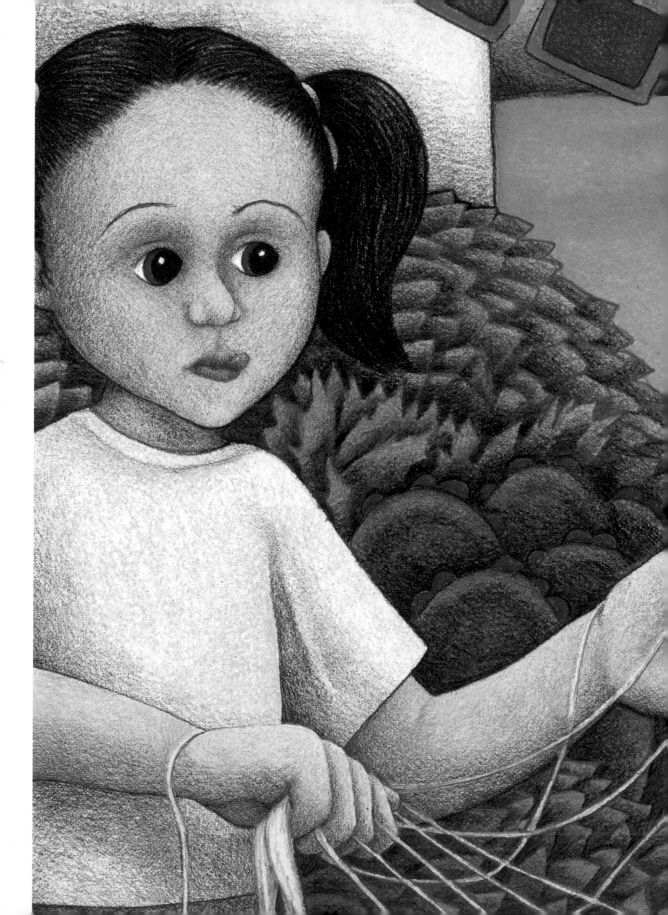

María quería hacer
un regalo muy especial.
Como había ayudado
antes a su madre con el
telar, trató de tejer por
su cuenta una colorida
cobija. Pero María no era
muy experta, y los hilos
se le enredaron. Estaba
descorazonada. Deseaba
tanto poder marchar en
la procesión con los
niños del pueblo, pero
no tenía un regalo para
obsequiarle al Niñito
Jesús.

Maria wanted to make a very special gift. She had helped her mother before with the loom, so she tried, on her own, to weave a colorful blanket. But Maria was too inexperienced and the yarns became an entangled mess. Maria was heartbroken. She wanted so much to be able to march in procession with the other village children, but she had no gift for the Christ Child.

¡Finalmente, llegó la Nochebuena! Los pobladores se reunieron en la plaza. Algunos murmuraban que esa noche podían escuchar el canto de los angeles. Todos estában listos. Portando velas encendidas, los vecinos comenzaron a desfilar por el pasillo de la iglesia en medio de alegres canciones y melodías.

. . . Todos excepto María, que estaba escondida en las sombras, observando con lágrimas en los ojos el comienzo de la procesión.

"No tengo un regalo para el Niñito Jesús," sollozaba bajito. "Traté y traté de hacer algo bonito, pero lo arruiné."

Finally it was Christmas Eve! The villagers gathered in the plaza. Some whispered that they thought they could hear angels singing. Everyone was ready. Holding lit candles, all the villagers began to process down the aisle amid joyous music and singing.

. . . All except for Maria, who hid in the shadows, watching with tears in her eyes as the procession to the church started.

"I don't have a gift for the Baby Jesus," she sniffled softly. "I tried and tried to make something beautiful, but instead I ruined it."

De pronto, María escuchó una voz. Miró hacia arriba, pero solamente vio una estrella brillante en el cielo, que parecía volar sobre la iglesia. ¿Fue esta estrella quien que le habló?

"María," dijo la voz nuevamente. "Al Niñito Jesús le gustará cualquier cosa que le des, porque se lo ofreces de corazón. El amor es lo que hace especial cualquier regalo."

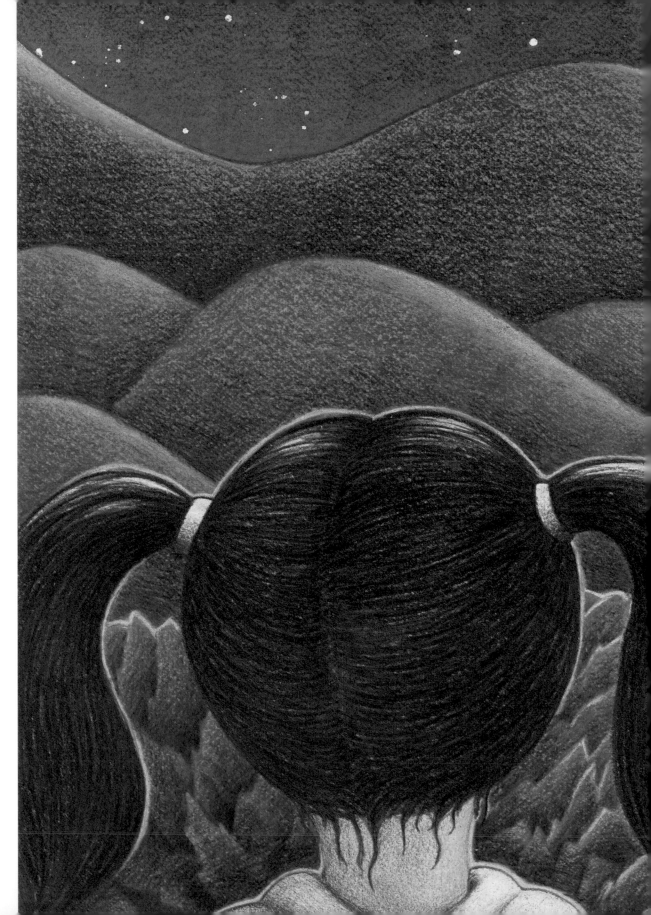

Suddenly, Maria heard a voice. She looked up and saw only a bright star in the sky; it seemed to hover and shine over the village church. Was it this star that had spoken to her?

"Maria," she heard the voice again, "the Baby Jesus will love whatever you give because it comes from your heart. Love is what makes any gift special."

Eso hizo que María saliera de las sombras. Cerca de allí, vio una hierba que crecía alta y verde. Rápidamente, recogió la hierba entre sus brazos, la cubrio con su manto y corrió hacia la iglesia.

With that, Maria stepped out from the shadows. Nearby she noticed some tall green weeds. She rushed over and quickly filled her arms with the weeds, and covered them with her *manto*. Then she ran swiftly to the church.

Cuando llegó, las velas resplandecían y los niños cantaban mientras marchaban por el pasillo de la iglesia con sus regalos para el Niñito Jesús.

By the time she arrived, the candles were ablaze and the children were singing as they walked down the aisle carrying their gifts to the Christ Child.

El Padre Francisco colocó la figura del Niñito Jesús en el pesebre, con los regalos de los niños alrededor.

Padre Francisco placed
the figure of the Baby
Jesus in the manger,
with the children's gifts
all around it.

De repente, a María
se atemorizó al ver
que todos los feligreses
estaban ataviados con
trajes muy bonitos y ella
vestía muy pobremente.
María intentó esconderse
detrás de una gran
columna, pero el Padre
Francisco la vio.

"María, María," la
llamó. "Avanza, niña. Ven,
trae tu regalo."

María estaba
aterrorizada. Se preguntó:
"¿Huyo o continúo
adelante?"

Suddenly, Maria was scared when she saw all those people dressed in such beautiful clothes, while she was dressed so poorly. She tried to slip behind one of the big pillars, but she was too slow. Padre Francisco saw her.

"Maria, Maria," he called out. "Hurry, girl! Come, bring up your gift!"

Maria was terrified. She wondered, "Should I run away? Should I go forward?"

Percibiendo su temor, el padre la alentó gentilmente. "María, ven aca. Ven a ver al Niñito Jesús. Hay lugar para un regalo más."

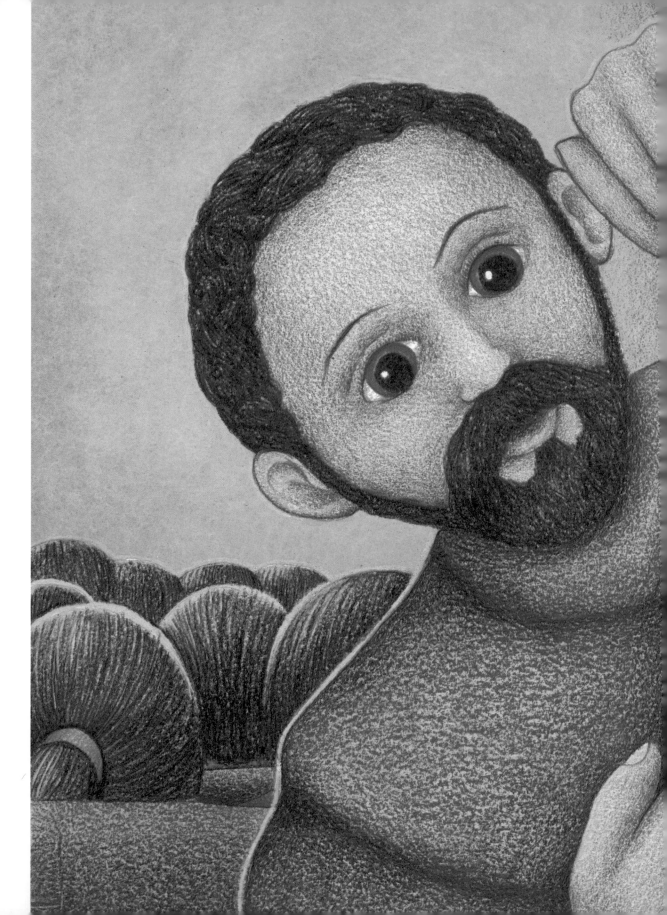

The padre saw her apprehension and coaxed her more gently. "Maria, come up here and see the Baby Jesus. There is space left for one more gift."

Antes de que pudiera pensarlo, María se vio caminando por la nave central de la iglesia.

"¿Que llevará María debajo de su manto?" susurraban los feligreses. "¿Dónde está su regalo?"

El Padre Francisco descendió del altar y caminó con María hacia el pesebre. María inclinó su cabeza y rezó. En ese momento abrió su manto y dejó caer la hierba.

Before she could think, Maria found herself walking down the main aisle of the church.

"What is Maria carrying under her *manto*?" the villagers whispered. "Where's her gift?"

Padre Francisco stepped down from the altar and walked with Maria to the Christmas crèche. Maria bowed her head and said a prayer, then opened her *manto* and let the weeds tumble out.

Se escucharon voces de asombro: "¡Miren! ¡Vean que flores más hermosas!"

Sorprendida, María abrió los ojos y quedó estupefacta. Cada hierba ahora estaba coronada con una resplandeciente estrella roja.

Voices gasped, "Look! Look at those glorious flowers!"

Startled, Maria opened her eyes. She was stunned. For each weed was now topped with a flaming, bright red star.

Y afuera, tambien, cada
hierba tenía ahora una
brillante estrella roja.

And outside, too,
every weed now bore a
bright red star.

El amor de María había
producido un milagro.

Maria's love had
created a miracle.

Sobre el pesebre navideño

Al igual que en la iglesia de María, es probable que en sus casas haya un pesebre o retablo navideño. Y quizás ustedes tambien lo rodean con regalos o con las bellas flores del milagro de María, la Flor de Nochebuena.

El pesebre es una tradición muy antigua, muy anterior a María y a las costumbres de su pueblo. El primer retablo navideno fue creado por San Francisco de Asís, hace casi 900 años.

San Francisco quiso celebrar el nacimiento del Niño Jesús en una forma especial. Hizo preparar una cuna y la llenó con paja, luego fueron traídos un buey y un burro. San Francisco invitó a los frailes de su orden y a la gente del pueblo. Esa noche el bosque resplandecía con luz y resonaban espléndidos himnos de alabanza. Lleno de afecto, bañado en lágrimas y desbordado de alegría, el hombre de Dios se paró frente al pesebre vacío.

Un virtuoso y sincero caballero, llamado Juan de Greccio, afirmó haber visto a un hermoso niño durmiendo en el pesebre. Dijo que el bendito Padre Francisco lo abrazó con ambos brazos y pareció despertarlo de su sueño.

La santidad del testigo hizo creíble esta aparición, y los milagros que acontecieron despues la confirmaron. La gente del pueblo conservó la paja del pesebre, porque apartaba de ellos toda clase de enfermedad y calamidades.

Pero el mayor milagro es como el ejemplo de Francisco puede, hasta el presente, despertar una gran fe en Cristo aun en el corazón más perezoso.

About the Christmas Crèche

Like Maria's church, your home may also have a crèche or stable scene of the Nativity. And perhaps you, too, surround yours with gifts or with the beautiful poinsettias of Maria's miracle.

Having a Christmas crèche is a very old custom, much older than Maria and the traditions of her village. In fact, the first Christmas crèche was made by St. Francis of Assisi almost 900 years ago!

St. Francis wanted to celebrate the birth of the Child Jesus in a special way. So he had a crib prepared and filled with hay, then an ox and an ass were led in. His fellow friars were summoned, as were the villagers. That night the forest was brilliant with light, and it sang with wonderful hymns of praise. Filled with affection, bathed in tears, and overflowing with joy, the man of God stood before the empty crib.

A virtuous and truthful knight, Sir John of Greccio, said that he saw a beautiful little boy asleep in the crib. He added that the blessed Father Francis embraced the child with both arms and seemed to wake him from his sleep.

Sir John's holiness made him believable as a witness, and the miracles that happened afterward confirmed his vision. The hay from the crib was kept by the people of the village, and it drove away different kinds of illnesses and misfortunes.

But the biggest miracle of all is how, to this day, Francis's example can arouse even the most sluggish heart to greater faith in Christ.